Omar Khayyam

et les Poisons

de l'Intelligence

Il a été tiré de cet ouvrage
Vingt-cinq exemplaires
sur papier du Japon des Manufactures impériales
tous numérotés.

LAURENT TAILHADE

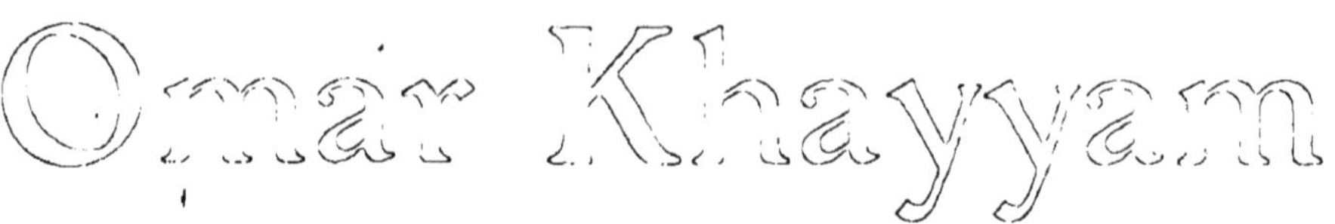

et les Poisons de l'Intelligence

PARIS

CHARLES CARRINGTON, LIBRAIRE-ÉDITEUR

13, Faubourg Montmartre

1905

OMAR KHAYYAM

et les Poisons de l'Intelligence

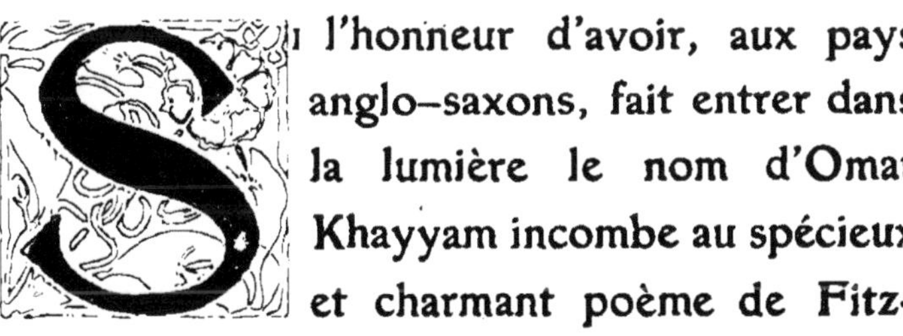

Si l'honneur d'avoir, aux pays anglo-saxons, fait entrer dans la lumière le nom d'Omar Khayyam incombe au spécieux et charmant poème de Fitz-Gerald, ce que l'on connaît en France touchant la vie et les concepts du gnomique de l'Iran, tient à peu près dans l'étude que

M. J.-B. Nicolas, ex-premier drogman de l'ambassade française en Perse, publia vers 1867, par ordre de Napoléon III, en même temps qu'une traduction — la première — des *Quatrains* du poète. Dans un verbe empesé de morgue diplomatique, dans ce jargon prétentieux, incolore et guindé que les plus fermes esprits traînent comme un stigmate de la « carrière » faisant si pénible la lecture de Gobineau (pour ne citer qu'un des meilleurs), Nicolas qui s'aplatit devant la morale officielle, vénère la propriété, genuflecte devant la religion et tire au pouvoir le plus grand coup de son chapeau à claque, n'a pas laissé néanmoins que de camper son personnage et d'en reconstituer les alentours, sinon avec élégance, du moins avec une documentation pleine de probité. Son travail prudhommesque, d'une facture redondante et torpide, a servi aux écrivains assez peu nombreux qui se sont, depuis, évertués sur Khayyam. C'est une source. Il inspire Théophile Gautier qui, pour exécuter ses feuilletons brillants et creux, n'avait besoin de comprendre ni de savoir, M. James Darmesteter qui, le premier, a déterminé le caractère de libre pensée et de révolte par quoi les *Rubaiyat* sont bien autre chose qu'un volume d'odelettes anacréontiques, M. John Payne qui, dans l'introduction à l'un des manuscrits du poète, semble au contraire estimer dans Khayyam celui « qui boit du vin dans la saison des fleurs », celui qui, devançant le Maître de la *Pléiade* invite, cinq siècles avant Ronsard, les Ephémères à magnifier la coupe de généreux parfums :

Mettons ces roses en ce vin !
En ce bon vin mettons ces roses.

Enfin, l'ouvrage icastique de J.-B. Nicolas fut, avec d'autres documents, utilisé par M. Georges Salmon, auteur d'une très substantielle monographie dans la *Revue Encyclopédique*. La première traduction vraiment littéraire, faite sur un manuscrit à peu près indemne d'interpolations, n'est que récemment advenue, ayant pour avant-dire une étude qui ne laisse rien à glaner. Elle émane de M. Charles Grolleau.

Le poète Ghiyath-ed-din-Abou-l'Fatah, Omar-ibn-Ibrahim, naquit à Nichapour, dans le Korasan en 1017 (408 de l'Hégire) et, quatre-vingt-six années plus tard, fidèle au sol natal, y mourut de vieillesse. Le surnom de Khayyam *(al-Khayyami)* adopté comme une heureuse simplification par la nonchalance occidentale, signifie « dresseur ou fabricant de tentes » de quoi son père exerçait le métier. Ses confrères s'appelaient communément le Céleste, le Bienheureux. Par humilité ou bien par ironie, Omar choisit le titre plus modeste que la postérité lui garde respectueusement. La tente qu'il érigea dans les déserts de la littérature islamite sert à marquer une étape de la pensée humaine ; comme les chansons de

Flaccus, les *Rubaiyat* d'Omar opposent aux siècles désastreux la négligence de leur morbidesse, un mélancolique nonchaloir plus que le bronze, pérennel.

Mais Khayyam ne fut pas seulement un poète au sens académique et restrictif du mot. Ce puissant virtuose, comme les grands artistes de la Renaissance, Léonard de Vinci, Michel-Ange, sonnant à leurs heures d'indolence tels *canzone* pleins d'harmonie et d'érotisme subtil, Omar se délassait de la mathématique dans la poésie et dans le vin. Cet Anacréon se doublait d'un Leibnitz. Woepckè, l'ami de Taine, lui consacra une notice. Il le compare à Spinoza pour la science, pour la résignation à tous les maux : douleurs physiques et pauvreté. Comme François Pétrarque dont l'œuvre immense et périmée, les in-folios sans nombre : théologie, histoire, exégèse, commentaires, ne vivent plus que dans le fond poudreux et le néant des bibliothèques, tandis que le sauvent de l'oubli quelques sonnets et chants d'amour; comme Boccace dont les historiettes gravement luxurieuses l'ont emporté dans la mémoire des hommes sur les doctes recherches et la scholie enthousiaste des poèmes dantesques, Omar n'est immortel qu'à la faveur d'un livret d'épigrammes plus léger et plus noble que celui de Martial. Et comme Pétrarque aussi qui mourut en lisant Homère, Khayyam s'endormit dans le néant, bercé par le *livre de la Guérison,* testament métaphysique d'Avicenne.

Les biographes ont rédigé à l'envi l'anecdote maussade et — s'il faut en croire M. Denison-Ross — parfaitement invraisemblable du « départ pour la vie » au sortir du Madrassah, d'Omar et de ses condisciples : Abou-Ali, Hassan Tousi, Hassan Sabbâh, l'un premier ministre d'Alp-Arslan le Seldjoucide, glorifié par le surnom de Régulateur de l'Empire *(Nizam-ul-Moulk),* l'autre insurgé, fondateur de la secte des Ismaëliens, zélateur de la réaction iranienne contre le monothéisme musulman. Loin des compétitions, des honneurs illusoires, du prestige des affaires publiques, ni courtisan, ni révolté, Omar ne demanda au tout-puissant vizir que la demeure du Sage et passa dans la retraite les jours sans fin d'une longue vieillesse. Dans ce jardin où le rossignol chante, où brille la rose, son amour, au tintement des jets d'eaux et des fontaines babillardes, le poète rêvait à l'infini des nombres, écrivait son *Traité des équations cubiques* et, l'esprit vivifié aux muscats de Chîrâz, célébrait le néant des Ephémères, la douceur de boire en attendant l'inéluctable anéantissement. Sa tranquille audace épicurienne, sa grâce merveilleuse ont fait le reste; le grand exemple qu'il donna, c'est de n'admettre point qu'un homme qui se respecte accepte une contrainte quelle qu'elle soit pour un intérêt civil ou supraterrestre, peu importe.

Cette forme d'âme est d'ailleurs assez commune dans les premiers siècles de l'Islam. La religion si simple alors était un vague panthéisme n'ayant pas encore subi la métamorphose des primitifs symboles en une dévotion moralisante ou hypocrite, en ce dogmatisme étroit qui, sous l'influence des Turcs, devint bientôt l'unique piété musulmane. Les Arabes furent en vérité des libérateurs. Ils purgèrent l'Occident des ridicules dominations byzantines ou wisigothes : Syrie, Egypte, Espagne. En Perse, ils furent accueillis avec enthousiasme. Jamais culte n'avait pesé si lourdement sur la vie humaine que le Zoroastrisme restauré des Sassanides. Encore métaphysique et abstrait sous les Achéménides (la réforme de Zoroastre contemporaine de Darius) il devint, sous les Sassanides, un code minutieux d'impureté légale, de superstitions bigotes envers les éléments, une codification de la procédure sacerdotale, une sorte de manuel du confesseur comparable, sauf l'ignominie, à ces honteuses *Diaconales*, qui apprennent au clergé catholique les méthodes efficaces de dépravation, les moyens les plus idoines à déshonorer les impubères et la couche des époux. Les Mobeds qui étaient, qui sont encore les sacristains et les prêtres des Parsis, ne laissaient à quiconque le droit de travailler. Le prêtre en tous pays n'a de plus ferme soutien que la fainéantise, le travail qui force l'homme à devenir son propre dieu, le travail, cause de tout progrès et de toute richesse, étant l'ennemi de la torpeur mystique, de l'expectation expectante qui remet le fidèle pieds et poings liés, impuissant et torpide, aux mains du pieux jongleur.

En Perse on mourait de faim par religion au xe siècle comme en Espagne au xviie par orgueil. Le jeûne des Parsis n'était pas moins têtu que celui des hidalgos crayonnés par Mendoza ou Quevedo de Villegas. Tant que les Arabes conservèrent la direction de l'Islam, la doctrine victorieuse n'apporta que des bienfaits aux peuples asservis, s'agrégeant l'industrie et la science grecques, l'agriculture nabathéenne. Mais les Osmanlis abîmèrent tout cela. Déjà, au ive siècle de l'Hégire, ils possèdent tout l'Orient jusqu'à l'Asie Mineure. Alors, se produit contre eux la réaction qui profite aux Perses. On absout leur barbarie et leur sottise pour ne plus se rappeler que la gloire d'antan. C'est l'époque de Firdousi, du *Shah Nameh*, triomphe de la nation conquise sur la nation conquérante. Firdousi ouvre le siècle (XIᵉ). Il remonte non pas aux Sassanides, pas même aux Achéménides d'Hérodote, mais à l'Iran primitif des Djemschidites et des Patriarches. Il retrouve les sources primitives, l'inspiration, *les naïfs et sublimes dialogues d'Ormuzd et de Zoroastre, les exploits de Dschemschid, de Gustasp et d'Isfendiar, le tablier du forgeron qui sauva le pays*[1].

La sœur de Firdousi, au refus de la fille aînée du poète, accepte de Mahmoud les trente mille pièces d'or apportées au moment même de ses obsèques pour rétablir et cimenter de nouveau les canaux creusés sous la loi du Zend.

C'est aussi le temps d'Avicenne qui, tel Khayyam, semble avoir été de souche ira-

[1] Cf. Michelet, *Bible de l'Humanité*, liv. I, chap. II, *le Shah Nameh, la Femme forte.*

nienne, musulman par l'éducation, mais guèbre d'esprit et de cœur.

Si léger que parut en ce temps le joug de Mahomet, Firdousi n'en est pas moins un ennemi implacable de l'orthodoxie intolérante et des prescriptions musulmanes. S'il exalte l'ivresse et les breuvages capiteux, c'est par un violent retour contre l'abstinence juive au culte primitif des Aryâs. Le jus fermenté de l'asclépias, le *soma* indou, le *homa* persan donne la libation sacrée qui réjouit le cœur des hommes et porte aux puissances inconnues, à travers les tourbillons du sacrifice, leur prière et l'hommage du foyer primitif.

Ainsi, Rabelais, après le long carême du Moyen Age, se déverse en mots de gueule plus puissants et plus clairs qu'une fanfare. Magnifiant avec une impudeur grandiose les bombances, les digestions de Gargamelle ou de Gargantua, les propos des buveurs en commodité de humer le pot, de laver leurs tripes, de se porter appelants comme de soif et de rechercher les éperons à boire dans les poutargues, andouilles et jambons, Pantagruel exalta la joie de vivre, la pleine et forte liberté, au mépris des formules abstraites et desséchantes ; de même, Khayyam devant la bêtise propagée par les mollahs, méprisant le jeûne et la privation des liqueurs fortes, dédaigneux du Coran, des surates canoniques et de tout l'érémitisme juif propagé par la conquête arabe, chanta, le verre en main, cette douceur éternelle de vivre, le plaisir de l'heure fugitive, les parfums de la coupe, le charme d'oublier, ce que l'envol des heures apporte à l'homme d'amertume quotidienne, de désenchantement et de pâles regrets.

Parmi les religions qui se prétendent supérieures et qui ne sont en réalité que des formes plus ou moins grossières de l'animisme primitif, des cultes de la préhistoire, sous le vernis philosophique desquelles rien n'est plus aisé que de reconnaître le fétichisme ancestral, parmi les religions soi-disant civilisatrices, les canons émanés du judaïsme proposent la diète comme la plus noble des vertus. Il est en effet plus aisé de donner pour idéal, aux brutes capables de croire en Dieu, la privation de vin, de chair ou d'ablutions, que d'en faire des hommes justes, probes et clairvoyants. Certes, l'idée absurde et *contraire à tout esprit scientifique* d'une Cause, d'un Être suprême, est l'une des plus rebutantes chimères qui dégradent l'humanité. Néanmoins, il semble malaisé de concevoir la *Géométrie* de Platon, quittant l'algèbre des mondes pour supputer avec humeur le saucisson mangé le vendredi par les chrétiens ou la piquette bue en toute saison par les mahométans.

Omar, esprit lucide, eut vite fait de mépriser les balivernes sacerdotales. Ayant, pour vivre en paix, adhéré au mysticisme des Soufis qui, dédaignant le culte, n'admettent ni récompense ni peines éternelles et confinent par là aux *Quiétistes* du XVIIe siècle, avec un certain nombre de dogmes fatalistes qui les rapprochent à la fois de la dualité zoroastrique et des doctrines manichéennes, l'auteur des *Rubaiyat* se dispensa de « pratiquer ». Il s'affranchit de tout pèlerinage à la Mecque. La Pierre sainte de la Kaaba est au pouvoir des Osmanlis, comme, au reste, après les ruineuses croisades, le tombeau supposé du galiléen, si bien que les chiites en honneur aux maîtres du lieu et tenus pour hétérodoxes par les sunnites, se voient tenus aux rites, aux prières, aux ablutions qu'ils réprouvent. Omar, dédaignant ces momeries, cracha sa dérision sur l'hypothèse Dieu comme, plus tard, Voltaire, Heine et tous les vengeurs de la raison offusquée par cet immonde épouvantail. Il n'a retenu de l'enseignement des Soufis qu'un panthéisme vague, la doctrine de l'émanation, de la résorption de l'individu dans le Plérome, dans l'Être universel, ou mieux encore dans le Nirvâna, qui nous délivre

... du Temps, du Nombre et de l'Espace
Et nous rend le repos que la vie a troublé.

L'ivrognerie de Khayyam est libératrice. Elle est blasphématoire. Elle chante la victoire de l'homme sur les spectres divins créés par l'ignorance et la pusillanimité. « La seule excuse de Dieu, c'est qu'il n'existe pas » atteste un mot célèbre. Si cette entité répugnante avait une réalité quelconque, rien n'empêcherait la conscience d'un homme honnête et libre de lui cracher au visage son mépris.

Mais, Omar qui connaît les destins de la vie éphémère, qui sait combien précaires sont l'amour, la jeunesse et la beauté, n'ignore pas que le potier emploiera demain l'argile où battit un cœur et la chair des amantes et le cerveau des poètes, pour luter l'amphore où boiront les plus grossiers des matelots, « *Quot libras in duce ?* »

Ce vase, ainsi que moi, fut autrefois
un douloureux amant.
Avidement, il s'est penché vers quelque cher visage.
Cette anse que tu vois à son col,
C'est un bras qui jadis enlaçait un cou bien-aimé [1].

[1] Quatrain IX, trad. Charles Grolleau.

Il accepte avec reconnaissance les plaisirs fugitifs et les lilas d'un jour. Sa préoccupation de l'Au-Delà ne va point sans ironie et sans dédain. Il ne prend pas la peine, comme dit Mme Ackermann, de « pardonner à Dieu », mais ayant posé la contradiction et montré l'antinomie entre une cause intelligente et l'existence du mal, de la mort et de la douleur, il se détourne avec mépris et plonge sa tête dans les flots d'une ivresse permanente.

Bois du vin... c'est lui la Vie éternelle,
C'est le trésor qui t'est resté des jours
de ta jeunesse :
La saison des roses et du vin et des compagnons
ivres !
Sois heureux un instant, cet instant c'est ta vie[1].

Néanmoins, l'âpre mélancolie des Sémites ne manque pas à ce lyrique de culture, sinon de race araméenne. Il a fréquenté le livre de

[1] Quatrain XXXVI, trad. Charles Grolleau.

Job et les nabis d'Israël. Il comprend comme eux l'inutilité de l'effort, l'indifférence de l'Univers pour la joie et les douleurs humaines.

Partout où se voit une robe ou un parterre de tulipes;
Fut répandu jadis le sang d'un roi :
Chaque tige jaillissant du sol,
C'est le signe qui orna la joue d'une beauté[1].

Ainsi avec une amertume non moins profonde, le Psalmiste constate le cruel détachement du Pouvoir qui donne les maux et les biens, la grâce et la laideur, le génie et la sottise, l'hiver et le printemps, inattentif à ceux qui recueillent ses présents :

« *Qui dat nivem sicut lanam, nebulas sicut cinerem spargit.* »

Mais des prophètes hébreux, de Job le Magnifique, Omar n'a pas gardé l'imagination reluisante, et ces paroles enflammées qui soumettent au poète les cœurs et les esprits.

[1] Quatrain XLIII, trad. Charles Grolleau.

L'absence de mythologie et de figures étonne chez Khayyam. Au xe siècle de notre ère, le dogmatisme littéraire s'organisait en Perse. Or, les académies furent, à travers les âges, en possession d'élever des poètes exempts de poésie.

Khayyam n'est pas plus dithyrambique ni chatoyant que M. de Voltaire, que feu Viennet ou que Sully-Prudhomme. S'il chanta « le vin fougueux et jeune » comme dit Richepin dans une quelconque boursouflure, il chanta sans fougue ni jeunesse, mais avec un pessimisme aigu qui déjà fait pressentir les meilleurs traits de Chamfort ou de Schopenhaüer. La sécheresse ingrate de sa manière provient à la fois de l'idiome rugueux, fragmentaire de la Perse et du formalisme littéraire auquel son indépendance philosophique ne l'empêcha pas de déférer. Ainsi, Voltaire lui-même et les Encyclopédistes faisaient du théâtre et des petits vers d'après les règles étroites de Vaugelas, de Scudéry ou de Boileau.

Donc, la poésie de Khayyam n'admet pas

le monde extérieur, la représentation des choses, les jeux de la lumière et des couleurs, ce que Goncourt nommait le « verbe peint ». Ses vers manquent de noms propres et d'épithètes prises dans le monde extérieur; ce sont des vers dorés à la façon d'Epicharme, de Pythagore ou de Théognis, des gnomes comme ceux de Publius Syrus. L'aridité juive qui — les *Psaumes* et le *Cantique des Cantiques* exceptés — fait si aride la lecture de la Bible, se retrouve ici, les fleurs dolentes et les roses sans parfum, qui souvent ressemblent aux végétaux de la mer Morte, faits de cendres et de sel. D'autres poètes ont dit avec plus de charme les délices de l'ivresse et les festins couronnés de verveine. Omar n'a pas la joie auguste du convive latin qui, le front ceint des guirlandes amènes de Paestum, vide, parmi les jeunes esclaves, un rouge-bord fleuri dans la coupe d'améthyste, prêche à Leuconoé l'insouciance du jour futur, et dont les plus graves conseils ne dépassent jamais l'opportunité de boire, ou, conjouis par l'heure présente, d'ajourner au lendemain les soucis importuns. Il ne célèbre pas le doux tourment de l'ivresse qui ramène l'espoir dans les esprits anxieux, arme le front du pauvre, l'invitant à ne redouter ni le glaive de la soldatesque, ni le trône des rois. Ce n'est pas non plus, avec leur sobre délire, le vieillard de Théos ou le favori de Hiouen-Tsong, cet Horace jaune qui goûte aux rayons de la lune, un vin couleur de topaze et d'or, humant sous les roses pêchers, les camélias et les bambous, une tasse frivole d'émail bleu, tandis que le singe accroupi hurle tristement aux rayons de la lune.

Mais Anacréon, Horace, ni Li-Taï-Pe, n'avait à détruire une confession dogmatique. « Leurs chansons, dit excellemment M. James Darmesteter, ne sont que des chansons d'ivrogne, celles de la Perse sont un chant de révolte contre le Coran, contre les pharisiens, contre l'oppression de la nature et du bon sens par la loi religieuse. L'homme qui boit est pour Khayyam le symbole de l'homme émancipé ; pour le mystique le vin est plus encore, c'est le symbole de l'ivresse divine. » Aussi Khayyam est-il bien venu à demander que la libation funèbre soit faite de vin pur (épitaphe de Rabelais par Ronsard) et de prononcer la prière universelle de Pope, en toute liberté d'esprit.

Le temple des idoles et la Kaaba sont des lieux d'adoration. Le carillon des cloches n'est autre chose qu'un hymne chanté à la louange du Tout-Puissant. Le mihrab, l'église, le chapelet, la croix, sont en vérité autant de façons différentes de rendre hommage à la Divinité.

La Société du Temple, La Fare, Chaulieu, en tenant compte de l'infériorité d'exécution qui stigmatise ces poètes, firent au XVIIe siècle une besogne analogue à celle de Khayyam, préparant l'émancipation de la pensée, au XVIIIe siècle, par leurs chansons libertines et leurs vices élégants. Le Bacchus plafonnant des couplets à boire pouvait assumer chez eux le nom grandiose d'Eleuthère, déliant comme il faisait ces libres esprits de la superstition monarchique et de l'abrutissement chrétien. Le destin d'Omar, destin paradoxal d'un insurgé en faveur chez les princes, d'un libre-penseur aimé par les théologiens, se prolongea même après la mort du poète.

« Répandu, publié de bouche en bouche à travers toute la Perse, dit M. Georges Salmon, son œuvre de libertinage où court d'un bout à l'autre un souffle de gaieté délirante, devait soulever une tempête d'imprécations et d'anathèmes contre son auteur. On avait voulu refuser les honneurs de la sépulture à Hâfiz de Chîrâz. Omar Khayyam échappa miraculeusement à la haine des prêtres fanatiques. Il était connu, trop aimé de ses compatriotes. Par son esprit satirique, par sa conception de la vie heureuse, il communiait d'esprit et de cœur avec eux. On ne pouvait détruire son œuvre : on la faussa, on lui donna une interprétation nouvelle. Omar Khayyam devint un mystique, un soufi, célébrant tour à tour l'amour divin et l'ivresse extatique. Il fut vénéré comme un saint. J.-B. Nicolas adopte cette interprétation qu'il avait reçue d'un religieux de Téhéran. »

Pareille aventure et les honneurs de l'exégèse mystique furent impartis au *Schîr-Haschîrim*. On n'a pas oublié les grotesques éjaculations de Bossuet qui, le dernier venu parmi les docteurs catholiques, après Augustin, après Bernard, propagea des gloses ridicules sur l'union de Jésus-Christ avec son Église à propos des hennissements et des pâmoisons que les approches du mâle inspirent à la brune fille de Sulem.

Spectacle en conscience, diabolique et démoniaque, de voir ces rabbi, ces docteurs, ces évêques, ces Pères, presser, tordre ces impuretés et d'une bouche effroyablement grimaçante dire solennellement les mots de l'oreiller, les plus se-

crets aveux d'une amante éperdue, de la furie d'amour qui ne se contient plus[1].

La canonisation d'Omar fait encore songer aux divagations de Novalis sur Spinosa qu'il estime « ivre de Dieu ». Quel que soit néanmoins le rôle significatif d'Omar dans la réaction anti-musulmane et la conquête de la librepensée, il serait erroné d'attribuer à la seule philosophie le succès des *Rubaiyat* chez les peuples occidentaux et notamment chez les Anglais qui depuis près d'un siècle traduisent et commentent l'opuscule de Khayyam. Les quatrains de Fitz-Gerald, parus pour la première fois en 1858, firent illusion comme au début du siècle les poèmes ossianiques et guerriers de Macpherson. Un poète ne survit aux métamorphoses des peuples, des États, qu'à la condition d'exprimer ce qu'il y a d'éternel et d'invariable dans l'humanité. L'amour, la mort, l'ivresse, thèmes indéfectibles, que se délèguent de siècle en siècle les douloureux

[1] Michelet, liv. II, chap. v, *le Juif, l'Esclave*.

enchanteurs ! Torche de Prométhée que se délèguent d'âge en âge les esprits harmonieux sur le désastre des cités, sur les ruines des civilisations. Pour avoir touché à la concupiscence du Néant, au désir de créer un alibi intellectuel, fût-ce au prix d'une déchéance momentanée et de la mort la plus affreuse, les poètes de l'ivresse ont enchaîné le cœur de leurs frères, blessés comme eux d'un incurable désespoir. Voici le domaine attirant et vénéneux de ces magiciens parmi lesquels Omar a élu domicile.

L'ayant situé dans le temps, ce ne sera pas une digression vaine que de grouper autour les descendants ou les ancêtres, ceux qui donnèrent aux poisons de l'intelligence les plus illustres de leurs poèmes, le plus intime de leur cœur.

C'est un goût éternel chez l'homme que de

se faire dieu et de conquérir au prix des sacrifices les plus cruels ces minutes où, dans la plénitude de son être, il s'élève au-dessus de l'anthropoïde ancestral, et porte un front sublime vers l'azur. C'est pour cela qu'en dehors des besoins quotidiens de la bête humaine, des divers appétits que manifeste ce compagnon inéluctable et gênant que François d'Assise nommait son « frère Ane », il a inventé l'amour, la poésie et la vertu.

Mais il n'est pas donné à tous d'être un poète, un Sage ou un amant, de devenir Socrate, Eschyle ou Roméo.

Pour apothéoser les pieds-plats, imbéciles et gredins, qui forment l'ordinaire de l'humanité, il fallait trouver des moyens mécaniques, efficaces et idiots.

On a donc inventé les religions, l'ivrognerie et le patriotisme.

Nombreux sont les agents d'ivresse à quoi les Sociétés antiques ou modernes ont accoutumé de demander l'exaltation ou la torpeur, l'enthousiasme d'une heure, l'oubli des peines, l'euphorie intime et l'abrutissement.

Le vin d'abord. *Dextro sidera.* C'est le plus ancien, le moins nuisible agent d'ébriété, celui qui fournit aux poètes les plus riches inventions et qui groupe autour d'une manière de festin bachique les imbriaques de toute sorte, depuis Falstaff jusqu'à Pantagruel.

Dans un cycle étendu à ce point, il est indispensable de borner, de restreindre les citations. Il convient de négliger les poètes que leur belle humeur seule a fait connaître.

Boire est un geste non moins grave qu'aimer ; celui qui ne voit dans l'ivresse qu'un passe-temps n'est pas plus un buveur que n'est un amant, celui qui demande à l'amour une heure de plaisir. Les membres du *Caveau*, ces bonnetiers lamentables que l'abus des rimes fausses et des sordides pensées ont fait les plus niais d'entre les « bardes », qui déshonorent la poésie française, ne méritent que l'oubli. Notaires égrillards, avoués en rupture de chicane, ils étaient dignes d'avoir pour chef de file ce Béranger à qui nulle honte ne manque, depuis le goût des maritornes jusqu'au fanatisme envers Napoléon.

Ainsi que le proclamait Edgar Poë qui en avait souffert, « nulle maladie n'est comparable à l'alcool ». Les tissus sénilisés, les artères impuissantes à projeter la vie dans l'organisme pour jamais ruiné, le cerveau perdu, la déchéance intellectuelle et physique sans rémission ni appel ; enfin pour la triste descendance des ivrognes, l'épilepsie, la folie ou le crime, tel serait le tragique bilan de l'office cher aux buveurs de pot. Depuis longtemps déjà, les crimes du vin ne sont plus ignorés, sinon des esprits incultes. Le roman, la propagande heureuse des Sociétés de Tempérance ont fait connaître aux personnes du monde les abjects et douloureux mystères qu'enferment, dans leurs cabanons, les asiles de Sainte-Anne, de la Salpêtrière ou de Ville-Evrard.

S'il est encore malaisé de faire admettre aux ouvriers que l'« honnête verre » n'est pas l'ami du travailleur, qu'il ne lui donne ni du cœur, ni de la force à l'ouvrage, du moins les classes dirigeantes sont depuis longtemps prévenues que les excitants ne sont point des toniques ; la prétendue vigueur qu'on en obtient ne représente autre chose qu'un escompte usuraire sur l'énergie et la vitalité des lendemains.

D'ailleurs, M. Jules Lemaître, sauveteur acharné de la *Patrie Française*, ajoute aux bienfaits des diverses Ligues qu'il préside le soin de combattre la fiction des cabarets. Cela varie un peu les sérénades et permet à l'ex-homme d'esprit des *Débats* de proclamer autre chose que l'ignominie des Francs-Maçons, le lyrisme de Déroulède et l'intelligence de M. Barrès.

On verrait quelque présomption à chausser les pantoufles tricolores d'un tel maître. Les Sociétés de Tempérance, quels que soient leurs mérites, n'ont rien de commun avec l'art et la beauté. Sans remonter au déluge, car la vigne a de beaucoup précédé le patriarche Noé, qui n'est pas plus l'inventeur des boissons fermentées que Moïse n'est responsable des livres que lui attribue l'exégèse chrétienne, sans évoquer les fluides brûlants dont les Aryas, nos ancêtres lointains, alimentaient Agni sur le foyer du sacrifice, les religions occidentales comptent parmi leurs « jeunes dieux » le redoutable enchanteur, l'adolescent multiforme qui, sous les noms les plus divers, a traversé l'antiquité, maître du crépuscule et des danses lascives, dieu du théâtre et des rixes homicides, promoteur de la tyrannie et de l'affranchissement des races ; dernier né des Dieux qui, fils, époux, frère de Démeter, sous les noms de Bacchus, de Sabas, de Dionysos et de Lucifer, après la longue nuit du Moyen Age, offrit la coupe où la Renaissance tendit à ses enfants un immortel breuvage d'allégresse et de raison.

Comme toutes les divinités helléniques, Bacchus, ou pour dire mieux, le jus fermenté du raisin, avant d'assumer, grâce au génie plastique des Grecs, la configuration humaine, fut tour à tour le breuvage enivrant, l'ivresse elle-même et remontant aux époques primitives, l'un de ces Génies du soir, présidant à la quotidienne féerie du soleil couchant.

Pleureur et turbulent, il se confond aussi avec les esprits secourables, qui, dans la mythologie hellène, conduisaient l'âme au déclin de l'existence, vers l'Aurore éternelle; ainsi les nuages du ponant conduisent le soleil vers sa résurrection de chaque jour.

Comme Hermès, courrier des Immortels, Hermès médiateur de Sûrya (Sûryameia), présidant aux échanges de la nuit et du jour, de l'*agora* et du marché, de la vie et de la mort, Bacchus est un dieu psychopompe qui, de ses mains encourageantes, soutient la timide Psyché, la guide vers les prairies d'asphodèles où, dans les illusions et le demi-jour du tombeau, l'âme humaine guérit peu à peu du mal d'avoir vécu. Mais Bacchus le conquérant, celui qui subjugue à sa loi d'abord l'Inde mystérieuse et dont le char traîné par des lions apporta dans le monde occidental les cultes obscènes et mystiques de l'Orient, jusqu'aux temps où la civilisation tout entière disparut submergée par ces odieux fantômes, Bacchus est l'âme du vin, le promoteur de la joie brûlante, le démon qui se tapit dans les cuves spumeuses et qui, pareil au Djinn des *Mille et une Nuits*, sorti de sa prison, grandit, s'étale et, d'une ombre de vertiges obscurcit le soleil.

Un hymne homérique, avant Hésiode, célèbre la naissance et les pompes du Dieu :

Je commence, dit-il, *par chanter Dionysos couronné de lierre, brillant, glorieux fils de Zeus* (Zeus est l'air supérieur où les Grecs suspendaient les constellations et, plus particulièrement, ici, le ciel orageux de l'été, qui féconde le sol, mûrit le raisin) *et l'illustre Sémelé, que nourrissaient les Nymphes aux beaux yeux, l'ayant reçu du père roi* (Dyaûs-Pitar dont les latins ont fait Jupiter et, plus tard, les catholiques, Dieu le Père) *dans leurs seins. Elles le nourrirent avec tendresse dans les vallées de Nysé et il grandit par la volonté de son père dans un antre odorant, il était au nombre des immortels.*

Mais les Déesses, l'ayant élevé pour être très loué, alors il parcourut les solitudes glorieuses, couronné de lierre et de laurier, et les Nymphes l'accompagnaient et il les conduisait, et le bruit de leurs pas enveloppait l'immense forêt.

Et je te salue ainsi, ô Dionysos, riche en raisin! Donne-nous de recommencer les heures pleines de joie et d'arriver par celles-ci à de nombreuses années [1].

Aux jours héroïques de Salamine ou de Marathon, le Dieu de l'ivresse et des mensonges n'a guère de place dans la cité laborieuse qui, d'une âme indomptée, repousse le choc de la ténébreuse et mouvante Asie. Le regard clairvoyant d'Athéné, la vigilance tutélaire de Pallas, rejettent dans la nuit les Barbares et, par l'effort d'une volonté sublime, instituent ce

[1] *Hymnes homériques*, traduction Leconte de l'Isle.

que Renan nommait « le miracle grec », cette harmonie incomparable de raison et d'art pur qui, depuis trois mille ans, est en possession d'étonner aussi bien que d'instruire l'Univers.

Le vieil Eschyle qui, le premier, introduisit le dialogue sur le théâtre et l'analyse des passions, élevant jusqu'à la tragédie le dithyrambe de Dionysos, Eschyle dans sa détestation des jeunes dieux, fut sobre de louanges envers Bacchus. Il faut arriver à cette forme plus moderne de l'art hellénique dont Euripide, sur la scène, est le protagoniste, pour trouver un drame tout entier à la gloire du fils de Semélè. Le railleur Aristophane, qui se gausse de Bacchus en même temps que d'Euripide, consacre néanmoins un chœur d'une incomparable beauté au dieu que les *Grenouilles* dénoncent à quelques répliques d'intervalle comme une femme, sordide, poltronne, et quémandeuse.

C'est l'*Hymne des Initiés*, acclamant le dieu psychopompe, l'Osiris occidental près des rives du Hadès :

Iacchos, viens dans cette prairie, ton séjour d'élection, viens diriger les chœurs sacrés des Initiés! Que sur ta tête se balancent en épaisses couronnes les rameaux de myrtes chargés de fruits et que ton pied hardi figure cette danse libre et joyeuse inspirée par les Grâces, cette danse religieuse et pure, que répètent nos chœurs sacrés.

Agite les torches ardentes et ravive leur éclat, Iacchos, ô Iacchos, Astre brillant de nos mystères nocturnes! La prairie étincelle de mille feux; les vieillards secouent le poids des soucis et des longues années. Ils retrouvent un jarret d'acier pour s'unir à tes chœurs sacrés, et toi, Bienheureux, une torche à la main, guide sur cet humide tapis de fleurs les danses de la jeunesse. Silence! faites place à nos chœurs, profanes, âmes impures, vous qui n'avez ni assisté aux fêtes des nobles Muses, ni formé de danses en leur honneur. O Iacchos vénéré qui as créé, pour cette fête, de si suaves mélodies, viens nous accompagner auprès de la Déesse, montre que tu peux, sans fatigue, parcourir une longue route : Iacchos, roi de la danse, guide mes pas[1] !

Les *Bacchantes* d'Euripide posent dans tout son charme et la terreur de son empire le magicien né de l'orage et du soleil de vendémiaire. C'est une incomparable féerie, pleine de morbidesse et d'effroi, où se mêlent aux épouvantes les suaves élégies et les fraîches idylles, comparables à ces abeilles, qui, dans la sculpture antique, voltigent avec leur miel et leurs aiguillons d'or, sur la bouche fleurie de Dionysos.

Dans Thèbes, où le Phénicien Kadmos éparpilla les ossements du Dragon et procréa des hommes, le Dieu vient affirmer son culte, réduire à son pouvoir le domaine maternel. Tandis que, retiré au fond de son palais, Kadmos vieilli se désintéresse de la chose publique, et sans doute, à l'exemple d'Alkinoos « boit comme un immortel », Penthée, fils du

[1] Aristophane, *les Grenouilles*, trad. C. Poyard.

géant Echion, né des dents mêmes du Dragon, Penthée dont le nom signifie deuil et désespoir, sa mère Agavé, ses sœurs, méprisent l'Etranger, les rites qu'il apporte.

A ces rites nouveaux, le séducteur, de beauté captivante, ceint de pampres et puéril sous ses longs cheveux roux, a bientôt fait de rallier les femmes.

Réfractaires d'abord, elles délirent à son contact. Sur les traces du Dieu, elles bondissent vers le Cithéron aigu. Elles chantent la gloire de Dircé, fontaine où les Nymphes abritèrent l'enfant dieu et confièrent aux mains maternelles de Rhéa le tambourin qui accompagne les clameurs de la bacchanale. Partout sur leur trace, le lait, le vin ruissellent. Du creux des arbustes, le miel s'épand sur les rochers. Un parfum d'encens flotte dans l'air. Et Bacchus lui-même agite le narthex ou bien les torches flamboyantes du pin. Il court et, de ses clameurs aiguillonnant la furibonde théorie, abandonne au vent sa chevelure d'or.

Un pâtre du Tmolos a rencontré le thiase délirant, le troupeau des mimallones « portant, comme dit Michelet, un fer aigu sous la vigne trompeuse ».

LE MESSAGER

« *J'ai vu le délire des Bacchantes, qui naguère, pieds nus, ont quitté la ville, entraînées par l'aiguillon de la fureur et je viens t'annoncer, ô roi, à toi et à Thèbes, quels étranges, quels merveilleux prodiges elles accomplissent. Seulement je veux savoir si je puis dire, sans rien omettre, tout ce qui se passe dans la montagne, ou si je dois abréger mon récit. Car je redoute, ô roi, tes emportements, tes colères et les violences de ton humeur tyrannique.*

PENTHÉE

Parle, tu n'as absolument rien à craindre de moi. (On ne doit pas s'irriter de ce qui est juste.) Plus tu m'auras fait de graves révélations sur les Bacchantes, plus je punirai cet homme d'avoir ainsi égaré leur raison.

LE MESSAGER

Le troupeau que je faisais paître venait d'atteindre au sommet de la montagne : c'était l'heure où le soleil échauffe la terre de ses premiers rayons. J'aperçois alors trois thiases, trois chœurs de femmes, conduits l'un par Autonoè, l'autre par Agavé, ta mère, et le troisième par Ino. Elles dormaient toutes, le corps abandonné au sommeil, adossées contre un sapin à l'ombre de son feuillage, ou bien couchées çà et là sur les feuilles de chêne, la tête inclinée vers le sol, dans une attitude modeste, et non telles que tu les peins, enivrées par le vin, troublées par les sons de la flûte, ardentes à poursuivre Cypris dans la forêt. Tout à coup ta mère entend mugir un de mes bœufs à hautes cornes : debout, au milieu des Bacchantes, elle pousse de grands cris pour les réveiller. Celles-ci secouent le sommeil qui appesantissait leurs yeux et se dressent vivement, offrant le spectacle d'une merveilleuse décence, jeunes, vieilles et vierges encore libres du joug de l'hymen. D'abord elles laissent tomber leurs cheveux sur leurs épaules, rattachent leurs nébrides dont les liens étaient dénoués et, pour fixer sur leur corps les peaux tachetées, se font une ceinture de serpents qui viennent lécher leurs joues. D'autres tiennent dans leurs bras un chevreau ou des louveteaux sauvages et les allaitent : ce sont les jeunes mères, dont la mamelle est encore gonflée de lait et qui ont abandonné leurs nourrissons. Elles se couronnent de lierre, de chêne et de smilax fleuri. Une d'elles prend son thyrse et en frappe le rocher, d'où jaillit une source d'eau pure, une autre abaisse sa férule vers la terre et le Dieu en fait sortir un ruisseau de vin. Celles qui avaient soif du blanc breuvage n'avaient qu'à gratter la terre du bout des doigts pour voir couler des flots de lait, et les thyrses, où s'enlace le lierre, distillaient la douce rosée du miel. Si tu avais été là, oui à ce spectacle, tu aurais adoré le dieu que maintenant tu accuses. Cependant nous nous étions rassemblés, bouviers et bergers, pour échanger et discuter nos impressions sur ces nouveautés étranges, sur ces merveilles. Un d'entre nous, qui va parfois à la ville et qui sait parler, nous dit à tous : « O vous qui habitez les sommets sacrés des montagnes, voulez-vous que nous donnions la chasse à Agavé, la mère de Penthée, pour l'arracher à cette vie de Bacchante et faire plaisir à notre roi ? » L'idée nous parut bonne. Nous nous mettons en embuscade, nous nous cachons dans un épais fourré. A l'heure fixée, les Bacchantes brandissent leur thyrse pour commencer l'orgie. Elles invoquent à grands cris Iacchos, Bromios, fils de Zeus. La montagne entière, avec ses bêtes sauvages, partage leur délire : tout est emporté d'une course furieuse. Par hasard Agavé passe devant moi en bondissant : je m'élance pour la saisir, hors du taillis où je me tenais caché. Elle s'écrie : « O mes chiennes agiles, voilà des hommes qui nous poursuivent ! Suivez-moi donc, suivez-moi, armées de vos thyrses. » Aussitôt nous prenons la fuite, pour échapper aux Bacchantes qui vont nous déchirer. Mais elles, sans fer à la main, se jettent sur nos troupeaux au milieu du vert pâturage : l'une tient sous les ongles de ses deux mains une génisse mugissante aux mamelles gonflées de lait ; les autres mettent des vaches en pièces. On voyait des côtes ou des pieds fourchus lancés de toutes parts et des membres palpitants suspendus aux sapins, dont les branches dégouttaient de sang. Des taureaux furieux, aux cornes menaçantes, sont renversés sur le sol par les mains de mille jeunes femmes qui les entraînent : leur chair est dépouillée et dépecée en moins de temps qu'il ne t'en faut, ô roi, pour fermer les paupières. Puis, comme des oiseaux emportés dans les airs par un vol rapide, elles s'élancent vers les plaines qui s'étendent sur les rives de l'Asopos, où croissent les riches moissons des Thébains. Elles fondent en ennemies sur les villes d'Hysies et d'Erythres, situées au pied du Cithéron et les saccagent avec fureur. Elles enlèvent les enfants des maisons ; le butin dont elles chargent leurs épaules, même le fer et l'airain, y reste suspendu sans y être attaché, sans tomber à terre. Le feu même brille sur leur chevelure sans la brûler. Les pasteurs, dépouillés par les Bac-

chantes, courent aux armes de colère. C'est alors que s'offre à nos yeux, ô roi, un étrange spectacle. Le fer de leurs traits n'atteint pas les Bacchantes. A leur tour, elles lancent leurs thyrses : et des femmes blessent, mettent en fuite des hommes, non sans l'aide de quelque dieu! Enfin, elles reviennent aux lieux d'où elles étaient parties, aux sources même que le dieu avait fait jaillir pour elles. Elles y lavent le sang qui les couvre, pendant que les serpents lèchent les gouttes qui coulent de leurs joues, et rendent à leur visage toute sa pureté. Quel que soit donc ce dieu, ô maître, accueille-le dans ta cité : car, entre autres preuves de sa puissance, on dit encore de lui, si j'en crois la renommée, qu'il a donné aux mortels la vigne qui bannit leurs chagrins. Or, sans le vin, plus d'amour, plus rien qui charme les hommes[1].

Mais bientôt le dieu revient auprès du roi qui le blasphème. Lié par les serviteurs

[1] Euripide, *les Bacchantes*, trad. G. Hinstin

du palais de Cadmos, il leur échappe aisément, grâce à de vains prestiges. Au lieu de Bromios à la belle chevelure, ces esclaves ne trouvent dans la prison qu'un jeune taureau, le front orné des cornes orgiastiques. Désormais, Penthée est voué au trépas qui seul peut expier ses blasphèmes et le sacrilège d'avoir enchaîné un Immortel. Bacchos se joue de sa victime. Sur le tombeau maternel il fait jaillir une flamme. Or, Penthée croyant voir sa demeure incendiée, appelle et, ridiculement, ordonne qu'on apporte de l'eau. Mais voici que le palais s'écroule, tandis que le roi confondu par tant de prodiges court inutilement après son divin captif.

Un nouveau miracle du terrible enchanteur va conduire à la mort le fils d'Echion. Pour le livrer aux Ménades qui ont transgressé l'ordre royal, Bacchos l'invite à passer la robe flottante et la Nébride tachetée de ses prêtresses. Déjà la raison du malheureux s'obscurcit. Un délire d'ivresse, une démence inéluctable font chanceler ses pas : « Ne vois-je pas deux soleils et deux Thèbes? » demande-t-il au dieu méprisant et courroucé. Le dialogue s'exaspère, les paroles échangées sonnent comme un glas. L'heure du châtiment ne saurait tarder; la Mort accompagne près de sa mère le prince réservé aux célestes vengeances. Un messager descend du Cithéron pour apprendre aux Thébains la fin épouvantable de leur roi.

LE MESSAGER

Nous avions passé les limites du pays thébain et franchi le cours de l'Asopos. Nous entrions dans une gorge du Cithéron, Penthée et moi (car je suivais mon maître) avec l'Etranger notre guide, qui voulait nous faire assister aux mystères. D'abord nous nous arrêtons dans une verdoyante solitude de la forêt, étouffant le bruit de nos pas, retenant nos voix, pour voir sans être vus. Assis dans un vallon entouré de rochers, arrosé de ruisseaux, ombragé de sapins, les Ménades s'occupaient d'aimables travaux. Les unes rendaient sa verte parure à leur thyrse dépouillé de lierre; les autres, joyeuses comme de jeunes poulains détachés du joug (aux diverses couleurs), chantaient, en se répondant, des hymnes bachiques. Le malheureux Penthée qui ne voyait pas la troupe de Bacchantes, dit alors: « Etranger, de l'endroit où nous sommes, mes regards n'arrivent pas jusqu'aux Ménades, comme je le voudrais. En montant sur quelque hauteur ou sur un sapin élevé, j'assisterais fort bien à leurs honteux ébats ». A ce moment, ô prodige! je vois l'Etranger saisir la plus haute branche d'un sapin qui s'élançait dans les airs, il l'attire, il l'abaisse vers le sol noir. L'arbre s'arrondit comme un arc, ou comme la courbe que forme en courant la roue taillée en cercle par le tour : ainsi, de ses deux mains, l'Etranger amène à lui et incline jusqu'à terre l'arbre de la montagne avec une puissance surhumaine. Il place Penthée au milieu des branches de sapin, puis sa main les abandonne et les laisse se redresser lentement pour qu'elles ne lancent pas au loin le malheureux. L'arbre s'élève droit dans les airs, emportant mon maître assis dans son feuillage. Mais Penthée est aperçu des Bacchantes avant de les apercevoir elles-mêmes. A peine était-il en vue à cette hauteur, que l'Etranger disparaît et qu'une voix, celle de Dionysos, sans doute, retentit dans les airs : « O jeunes femmes, je vous amène celui qui rit de vous, de moi et de mes Mystères. Allons, vengez-vous de lui ». A ces mots, un feu sacré s'allume et resplendit entre le ciel et la terre. L'air se tait, le feuillage des bois au-dessus de l'herbe épaisse reste immobile et silencieux, les bêtes sauvages retiennent leurs cris. Les Bacchantes n'ont pas clairement entendu cet appel, elles se dressent et portent leurs regards de tous côtés. La voix répète son ordre : alors les filles de Cadmos reconnaissent le signal donné par Bacchos, elles s'élancent, aussi rapides dans leur course impétueuse qu'une volée de colombes. La mère de Penthée, Agavé, et ses sœurs et toutes les Bacchantes bondissent à travers la vallée et les précipices, emportées par la fureur que leur souffle le dieu. Tout à coup elles voient mon maître au haut d'un sapin. Aussitôt, d'un rocher qui lui faisait face, comme une tour, elles lui lancent une grêle de pierres et de branches de sapin qui deviennent autant de javelots, ou bien elles font voler leurs thyrses à travers les airs sur l'infortuné Penthée qui leur sert de but : elles ne l'atteignent pas. A cette hauteur inaccessible à leurs efforts, le malheureux restait immobile, en proie à une cruelle angoisse. A la fin, elles brisent des branches de chêne et s'en servent comme de leviers pour essayer de déraciner l'arbre. Peine inutile! Alors Agavé s'écrie : « Allons, Ménades! entourez, saisissez le tronc, pour prendre la bête sauvage qui en a fait son gîte et l'empêcher de révéler les mystères de nos chœurs sacrés ». Mille mains aussitôt s'attachent au sapin et l'arrachent de terre. Précipité du faîte où il se tenait, Penthée tombe sur le sol en poussant des cris plaintifs : car il se vit perdu. Sa mère, la première, pour commencer le sanglant sacrifice dont elle est la prêtresse, bondit sur lui. Il arrache sa mitre, pour que la malheureuse Agavé le reconnaisse et ne le tue pas ; il lui touche la joue et la supplie : « C'est moi, ma mère, moi Penthée, ton fils que tu as enfanté dans la maison d'Echion. Aie pitié de moi, ô ma mère, et quels que soient mes torts, ne tue pas ton fils ! »

Mais elle, l'écume à la bouche, roulant des yeux hagards, n'était plus maîtresse de sa raison : elle est possédée de Bacchos et n'écoute pas son fils. Elle lui saisit des deux mains la main gauche et, un pied appuyé sur le flanc du malheureux, elle lui arrache le bras, non par sa force mais par celle que lui communique le dieu. Ino s'empare de l'autre côté et déchire ses chairs palpitantes, Autonoé et toute la troupe des Bacchantes s'acharnent de même sur lui. C'est un mélange confus de cris : Penthée gémit avec ce qui lui reste de souffle et les femmes poussent des hurlements. L'une emporte un bras, l'autre un pied avec sa sandale; ses flancs sont déchirés et mis à nu. Toutes, de leurs mains sanglantes, se lancent les chairs de Penthée. Les lambeaux de son corps gisent çà et là, parmi les roches escarpées ou les arbres chevelus de la forêt : on aurait peine à les retrouver. Quant à la tête du malheureux, Agavé l'a prise, elle l'a fixée au bout de son thyrse et elle la promène à travers le Cithéron, comme si elle portait la tête d'un lion tué dans la montagne. Elle a laissé ses sœurs mêlées au chœur des Ménades et elle revient dans ces murs, toute fière de son horrible proie, invoquant Bacchos son compagnon de chasse, son allié dans la victoire, dans la conquête d'un trophée qui coûtera bien des larmes au vainqueur. Quant à moi, je m'éloigne pour échapper à ce lamentable spectacle avant le retour d'Agavé au palais. Il n'est rien de plus beau que la modestie et le respect des Dieux; à mon avis, il n'est rien aussi de plus sage, pour les mortels qui pratiquent ces vertus[1].

Cette fable si richement dramatisée des *Bacchantes* exprime en un geste sublime les ressentiments que l'ivrognerie asiatique dut inspirer à la Grèce laborieuse et sobre, à l'instant prodigieux encore où tout n'était

[1] Euripide, *les Bacchantes*, trad. G. Hinstin.

qu'harmonie et beauté dans les libres républiques de l'Hellade, mais où, déjà, quelques indices du déclin futur préoccupaient les bons esprits, où le clairvoyant Aristophane diagnostiquait les ravages par quoi l'esprit socratique allait battre en brèche la Civilisation.

La tragédie d'Euripide eut une étrange aventure, elle fut jouée non plus en fiction, mais dans une réalité toute sanglante, sur une des scènes de l'histoire.

On se rappelle le récit de Plutarque : — Artabase, roi d'Arménie, fêtait dans un grand banquet Hyrodès, le roi des Parthes, son hôte, alors en guerre avec les Romains. Les tables venaient d'être enlevées. Un acteur grec, Jason de Tralles, chantait le rôle d'Agavé, aux applaudissements de la cour barbare. La porte s'ouvre, un soldat se présente à l'entrée de la salle, et, après s'être prosterné, il jette aux pieds d'Hyrodès la tête de Crassus. Les Parthes poussent des cris d'allégresse. Jason jette à un coryphée le masque de Penthée, ramasse par les cheveux la tête de Crassus et répète, en la plantant sur son thyrse, les vers de son rôle : « Nous apportons des montagnes ce lionceau qui vient d'être tué. Nous allons au Palais, applaudissez à notre chasse. » Comme il reprenait son dialogue avec le chœur : « Qui l'a tué ? » — « C'est à moi qu'en revient l'honneur », Promoxathrès, un des convives, s'élance de son siège, arrache au comédien la tête du Romain et s'écrie : « C'est à moi de chanter la strophe plutôt qu'à lui ».

Promoxathrès était l'homme qui avait égorgé Crassus.

Quoi de plus terrible, dit Paul de Saint-Victor, *que ce coup de théâtre frappé par l'histoire montant sur la scène ! La catastrophe fait irruption dans la fable, la tragédie ruisselle d'un sang véritable. Son masque immobile, aux larmes contrefaites, aux pâleurs peintes, contemple avec stupeur la tête fraîchement coupée, qui lui en remontre et qui lui apprend par ses yeux hagards, par sa bouche livide, par sa plaie qui saigne, ce que c'est que la douleur et ce que c'est que la mort*[1].

Hippocrate qui soignait des paysans robustes, la troisième génération des vainqueurs de Platée, proscrivait les boissons fermentées de son hygiène. D'accord avec la médecine d'à présent, il préconisait le régime hydrique, nourrissant de tisanes d'orge les malades confiés à ses soins. Le mal était la fièvre, la pléthore sanguine, un trop plein de sève que nul cordial n'avait besoin d'invigorer. Ce qu'était le vin d'alors, nous ne le savons guère : mais tout porte à croire que la plus abominable piquette d'aujourd'hui serait un breuvage digne des Olympiens comparée au liquide célébré par Anacréon. Ces mélanges affreux de moust noir et de résines aromatiques, tolérables seulement quand l'échanson les délayait avec la moitié d'eau, nous sembleraient un piètre régal, même récoltés dans

[1] Paul de Saint-Victor, *les deux Masques*.

l'amphore sabine, *consule Planco;* le Cécube de Mécène ou le Falerne d'Horace ne valaient guère mieux.

Gallien, cependant, qui d'Andromachus, médecin de Néron, avait reçu la thériaque « ce remède impur, obscur et souverain » dont quatre-vingts substances, parmi lesquelles on peut noter l'or, les perles, l'ambre jaune et le venin de serpent, corroborent la vertu, Gallien qui soignait une clientèle de névrosés, les familiers de Julia Domna, de Julia Mesa, toute la clique du *Satyricon*, ordonnait du vin à ses malades rongés par l'anémie et que le besoin des analeptiques tourmentait déjà. Trimalchio enivrait ses parasites en des banquets ridicules où le faste du parvenu remplaçait le chant des Aëdes et les discours d'Agathon.

Avec le Moyen Age, les ténèbres s'étendent sur le monde. Plus d'anémie ou de pléthore. La nuit s'est faite dans les esprits. La vie est en horreur aux pâles habitants de ces époques maudites. Entre le baron qui les égorge et le prêtre qui les abêtit, dépouillés, ruinés, tondus par l'un et l'autre, les médiévaux ne connaissent plus que l'ivresse du fanatisme ou de la peur.

Un jeûne de mille années tarit les vivantes sources, la joie d'aimer, le libre épanouissement de la pensée et du désir. Comme Cypris descendue au Vénusberg, Bacchus a dépouillé sa beauté ouranienne pour l'immonde face du Diable. Du vainqueur de l'Inde aux belles joues traîné par les fauves indomptés, il ne garde que la corne bestiale. Son pied fourchu rappelle encore les Ægipans et les Satyres qui, dans la bacchanale tumultueuse, accompagnaient de saltations rustiques les bonds des Mimallonnes et les Ménades aux frénétiques évohés.

Néanmoins, il règne toujours sur le domaine des songes. Au serf du Moyen Age, mille fois plus esclave que l'esclave antique, il ouvre la porte aimée des Rêves. Il enseigne les philtres d'illusion et d'oubli. Le pauvre homme, si mal nourri, est trop besogneux pour convier Jean Raisin à sa table famélique. Bon pour le seigneur de vider les hanaps orfévrés où moussent l'hydromel et les vins généreux. Là-bas pourtant, sur la bruyère maléfique, aux flambeaux indécis d'une lune orageuse, le Sabbat convie à ses noirs festins le troupeau des malheureux. Des herbes au sinistre pouvoir infusent dans leurs veines l'illusion des voluptés proscrites. La jusquiame, la belladone, la stramoine, la douce-amère, tous les poisons, tous les calmants, toutes les herbes redoutables que la reconnaissance des infortunés décorera du nom de « consolantes », les douces et perfides Solanées, apportent le délire de la joie et les bienfaits du sommeil.

Plus tard Bacchus-Méphistophélès recommencera, dans la taverne d'Aüerbach, les jongleries néfastes du palais de Cadmos. Pour les buveurs allemands, grisés de bière forte, il fera verdoyer un pampre sur les tables enfumées. Il brûlera d'une flamme inextinguible les sacs-à-vin assez audacieux pour brinder avec l'Enfer. Ici, le magicien a perdu sa tragique beauté. Il se ravale aux fantasmagories d'un escamoteur de carrefour. Le feu qui consume la poitrine de ses convives témoigne seul du pouvoir malfaisant dont il est investi.

Cette ignition dévorante, cette flamme, le quatorzième siècle la mit en bouteilles. Elle arrive d'Orient, se propage avec les Arabes, comme, autrefois, le vin apporté dans des outres par l'âne de Baal.

Arnaud de Villeneuve, prophète et de plus apothicaire, invente l'alcool, cette eau-de-vie qui donne le trépas, ce poison redoutable parmi tant de venins dont la chimie encombre les laboratoires. En même temps qu'il distille, Arnaud de Villeneuve annonce la liquidation sociale pour 1335. Bientôt, Rienzi, Gabieno Fundado qui se reprochait de n'avoir pas, du haut de la tour de Crémone, jeté à bas le Pape et l'Empereur ; puis les *Fraticelli* prêchant la communauté des femmes et des biens ; enfin la Jacquerie donnent raison à ses lugubres pronostics, cependant que le pernicieux élixir, dont il a doté le monde, s'infiltre sournoisement dans les sociétés chrétiennes. Là, nul pontife n'ayant imposé, comme fit Mahomet, le devoir d'être sobre, l'Occident est en possession de boire sans mesure. De nos jours encore, il est aisé de reconnaître en Irlande un papiste d'avec un Huguenot formé par les Sociétés de Tempérance. L'un empeste l'éther et l'autre le whisky.

Jusqu'au XVIIe siècle, cependant, l'eau-de-vie, comme le sucre, demeura confinée dans les officines des apothicaires. Moïse Charras, qui tenait auprès de Louis XIV l'emploi de Monsieur Fleurant, la préconise contre la goutte, en même temps que la poudre de vipère et l'huile de renard.

Si Bacchus, au Moyen Age, a sa place en enfer, il connaît aussi des avatars qui l'intronisent sur l'autel en qualité de saint. Au mois d'octobre, les hagiographes consacrent saint Denis (Dyonisos) saint Rustique, le Bacchus rural, et saint Eleuthère, le Bacchus de l'ivresse *(Eleuthérios)* qui délie de toute peine, de toute contrainte et de tout labeur.

Dans la basilique où furent ensevelis les Rois de France, un vase sacré représente la fable des sept dormants qui se rattache aux mythes Dyonisiaques, à la « Passion » du raisin foulé dans la cuve et resurgi dans la tonne qui, depuis Adonis ou Zagreus, n'a cessé de représenter la mort, les renaissances de la vigne et du Soleil.

Après l'interminable xérophagie, l'*antiphysis* du Moyen Age, six cents ans après le *Rubayat*, un poète crapuleux et magnifique apparut qui glorifia les instincts de « la bête humaine », retrouva la Nature, en divinisa les appétits. « Mangez, buvez, aimez! Rire est le propre de l'homme, boire frais le plus clair de ses devoirs. » Voilà quelle philosophie instaure le bon Pantagruel, philosophie amène et réparatrice, retour bienfaisant vers le paganisme d'un monde épuisé par douze cents ans d'abjection chrétienne et de servilité. « Trinque », dit en son oracle la Dive Bouteille, « mâche joyeusement les compulsions à beuverie et n'épargne en aucune façon la purée septembrale! »

Le temps a marché depuis le siècle où la nef des candides géants cinglait, toutes voiles dehors, vers la terre d'*Utopie*. Après avoir enfanté le protestantisme et la Révolution; après s'être racheté de l'erreur galiléenne, le monde moderne s'accroupit et s'endort en une dissolvante lâcheté, refusant de poursuivre son chemin sur la route lumineuse ouverte par les grands aïeux. Les superstitions les plus ineptes, le respect de la force, la croyance à l'absurde; l'amour du soudard et la déférence au prêtre arrêtent sa marche vers la civilisation. Le culte de l'argent qui remplace les dogmes abolis ferme son cœur et son entendement à toute pensée virile, à tout généreux effort, l'exclut de l'Idéal.

Aussi l'appétit des poisons, le goût des substances vénéneuses déprave jusqu'à l'hébétude l'intellect égoïste du peuple et des bourgeois. Concurremment avec d'autres toxiques, l'alcool imprègne les cerveaux d'horreur et de folie. Devant l'exécrable idole, combien se sont agenouillés entre les plus fiers et les meilleurs ; combien de poètes ont fondu leurs cerveaux — perle plus précieuse que celle de Cléopâtre — dans les coupes abrutissantes : Musset, Verlaine, Edgard Poë, et cet idyllique Pierre Dupont qui gracieusement célébra les saisons de la vigne :

Au mois de Mai, ma vigne en fleur
D'une fillette a la pâleur ;
L'été, c'est une fiancée
Qui fait craquer son corset vert ;
A l'automne, tout s'est ouvert :
C'est la vendange et la pressée ;
En hiver, pendant son sommeil,
Son vin remplace le soleil.

Baudelaire, lui-même, curieux des « paradis artificiels », poétisa « l'âme du vin » dans des strophes dont la beauté mélancolique porte au plus haut sommet ce caractère de nostalgie, ce douloureux nonchaloir qui exalte *les Fleurs du Mal* par-dessus tous les poèmes contemporains.

Le poète n'a pas seulement glorifié « l'honnête verre » des dimanches,

Les violons vibrant derrière les collines,
Avec les brocs de vin, le soir, sous les bosquets.

Il a montré aussi l'ivresse furibonde et l'alcool meurtrier, l'homicide cherchant l'oubli au fond des pots, comme le Raskolnikoff de Dostoievsky, et n'y trouvant, dit Barbey d'Aurevilly « que les âcres ferments de la révolte ou de l'impiété ».

Dans les faubourgs ouvriers, entre l'assommoir qui empoisonne et l'usine qui tue, l'homme du peuple ne connaît guère d'autre refuge que l'hôpital. « Vieilli avant l'âge, aliéné par l'eau-de-vie ou fourbu par la machine, il meurt du *delirium tremens* à Sainte-Anne, ou de misère dans quelque galetas. » Le grand romancier, Emile Zola, qui, par vingt chefs-d'œuvre, préluda au grand acte de vertu civique dont la gloire sereine illumine la France — apothéose de la Justice, de la Raison et de la Bonté — Zola, dans une page frémissante de miséricordieuse horreur, trace la fin lamentable du buveur d'alcool voué par sa manie à la mort tragique et dégradante où sombre jusqu'au dernier vestige de pensée, où toute humanité s'abroge en un délire furieux et dégoûtant.

Le cycle bachique, abondant en poèmes de toutes sortes qui s'offrent comme les raisins d'une treille mûre aux cœurs épris de fantaisie et de beauté, conduit à la littérature de l'opium, plus imprécise, moins riche et dont les protagonistes se reconnaissent à des signes mystérieux, perçus des seuls adeptes. Ce sont les initiés des ténèbres, ceux que le goût du non-être place hors des frontières de la vie, excommunie à jamais de l'action et de la société des hommes.

Le buveur fraternise volontiers avec la

joie d'autrui; son ivresse turbulente et familière s'épanche en une bienveillance convulsive, accable d'amicales effusions le premier venu.

Si, plus tard, le mal s'aggrave et si les vaincus de l'assommoir achèvent leur triste carrière dans la solitude misanthrope, du moins, les débuts de leur manie ne sont pas sans plaisir ni gaieté.

Rien de pareil avec l'opium. Dans l'enfer des poisons de l'intelligence nous franchissons avec lui un cercle plus étroit : comme la sylve du Dante, « le soleil se tait » parmi les blêmes solitudes où le pavot exsude une résine léthifère et de ses tristes, de ses languides corolles fait pleuvoir les songes ou la mort sur les fronts des désespérés qui s'endorment à leur ombre.

C'est la forêt aux sortilèges où, bleuâtre comme une aurore d'automne, rouge comme le sang d'une bête égorgée, mauve comme les yeux meurtris d'une amoureuse, la plante magique ouvre aux désespérés les jardins silencieux, vestibules de la démence et du trépas.

Les crépuscules d'orage colorent de flammes irréelles un horizon de féerie, superposent autour de la victime des gazes de pourpre et d'or, l'environnent de nuages qui s'irisent au soleil comme des vapeurs de kief ou d'encensoir. Mais bientôt, les brumes irisées, les flottantes gazes épaississent leur rideau ; le brouillard qui prêtait à l'existence le charme des contours indéterminés devient un mur impénétrable, un cachot d'où le prisonnier ne s'évadera qu'au prix des plus abominables tortures.

Le rêve finit en possession et la béatitude en asservissement. Les prêtres de cette « noire Idole » d'autant plus redoutable qu'elle n'accueille pour servants que les esprits les mieux doués et les intelligences les plus hautes, ne tardent pas à déchoir au-dessous même de l'alcoolique et du pilier d'estaminet. Dans notre Occident où les cuves joyeuses fermentent allègrement aux soirs de vendémiaire, l'opium est un luxe de dilettante, une dépravation d'esprits curieux qui, après avoir exploré les domaines de la science et de la volupté, reviennent de ces vains périples avec moins encore de lassitude que d'ennui.

C'est la fleur suprême de l'aliénation volontaire et lucide, le poison béatifiant des intelligences éduquées.

Depuis le XVIe siècle et le temps où Arnaud de Villeneuve répandit sur le monde chrétien le dangereux élixir distillé dans l'alambic des mécréants, de nombreux végétaux et de redoutables composés spagyriques, sollicitèrent les hommes curieux de développer à l'extrême leur personnalité. Des chèvres imprudentes enseignèrent aux bergers arabes l'ivresse lucide : le café. Nicot, le Portugais, apporta le pétun du Nouveau-Monde.

Au XVIIe siècle, Bontekoë, le Hollandais, revint des Indes Orientales avec le thé, plus riche en caféine que le café lui-même; excitant merveilleux des énergies cérébrales dont le parfum ami réconforte les veilles laborieuses en même temps qu'il stimule, ô prodige! la lourde imbécillité des réunions où les femmes du monde se congrégent en troupeau. Au commencement du XVIIe siècle, Frédéric Hoffmann, le médecin, administra par ordonnance l'invention de Valérius Cordiz qui, en 1540, avait fait un extrait de l'alcool et du soufre, extrait que Hobénius, en 1736, appela du nom du ciel supérieur : l' « Ether ». Enfin, les noires absinthes de Lucrèce, que les médecins ne risquaient qu'entourées de miel, fleurirent en Algérie, pour l'armée française et, en dernière analyse, pour la population civile.

Mais, comme le cyprès sur les viornes flexibles, l'opium l'emporte et domine sur tant de poisons inébriants.

Georges Boissière et, après lui, M. Vigné d'Octon nous ont appris quels bons offices le lait narcotique du pavot rend aux intellectuels que la servitude militaire exile dans les solitudes néfastes de l'Extrême-Orient.

En outre, la frénésie de l'opium, le *moch*

homicide, corroborant les vertus des spiritueux, augmente l'héroïsme des soldats colonisateurs qui, suivant les traces des Marchand, des Galliéni, promènent sur le monde, noir ou jaune, l'assassinat, le pillage, le viol, l'incendie et récoltent pour les généraux français des étoiles dans la boue sanglante de leurs expéditions. Mais, que ce soit au Tonkin ou dans les brumes de Londres, sur la nappe des fumeries japonaises, quand les mousmés couleur d'or accommodent les pipes de jade; ou bien dans les cénacles occidentaux, chez les morphinomanes, la débauche est pareille, quant aux gestes essentiels, aux conséquences inéluctables. En Angleterre, le samedi au soir, les apothicaires débitent de l'extrait thébaïque et des pilules d'opium, tout comme les bars versent du gin ou du whisky.

Bien qu'à Paris l'usage de l'opium n'atteigne pas, au moins sous cette forme, de telles proportions, néanmoins il est fort en honneur parmi les coloniaux rapatriés, comme chez leurs amis. L'on pourrait citer un pharmacien de la place Blanche qui, naguère encore, donnait à fumer aux tériakhis. Le goût universel pour les substances vénéneuses qui exaltent l'imagination et font oublier les peines est le même en tous lieux. Une fureur égale précipite l'homme, civilisé ou sauvage, vers le trouble de l'esprit, la stupeur des sens, la vieillesse anticipée, la paralysie ou la mort. J'ai appris de M. de Boisjolin que cette fureur n'est point aveugle. L'homme, le penseur même, sacrifient volontairement l'utilité lointaine de la raison à l'utilité immédiate de l'inspiration. Dans la période élévatoire, pourrait-on dire, dans la crise initiale que provoque l'usage des excitants, les idées affluent, les œuvres s'ébauchent; l'ivresse supprime l'hésitation : c'est l'extase, c'est la fontaine de Jouvence où le cœur s'invigore en une dédaigneuse royauté. Dans la période dépressive, le malade s'aperçoit que l'alcool a sénilisé ses tissus, que les huiles essentielles les ont brûlés, que les narcotiques les ont dissous. Excitants, stupéfiants, ce sont les mêmes substances ; chacune produit les deux effets.

L'opiophage, plus que tout autre maniaque de l'ivrognerie, porte les stigmates de sa déchéance. Le vice dont il se délecte et qui le tue le blasonne à son estampille et l'accompagne dans tous les actes de sa vie,

Comme un animal fort qui surveille sa proie
Après l'avoir d'abord marquée avec les dents.

On reconnaît les fumeurs d'opium, dit Libermann, *à la pâleur maladive de leur visage, à leurs yeux cernés de bistre, à la dilatation de leur pupille, à l'hébétude de leur regard. Ce regard a une expression tout à fait caractéristique d'idiotie ; le fumeur est silencieux, sa parole trahit un certain effort ; il ne devient loquace que sous l'influence de sa pipe qui l'anime de façon transitoire et factice. Les dents minées, la peau terreuse, tout son corps a l'habitude grêle et décharnée, sans vigueur ni mobilité ; ses mouvements sont incertains, il marche la tête baissée, en chancelant, il marche vers la mort.*

Ce qui est vrai du fumeur l'est aussi du mangeur d'opium. La façon d'ingérer le toxique n'en diversifie guère les effets. Une série d'aquarelles chinoises publiées, en réduction, par le docteur Paul Regnard, dans son livre sur *les Maladies épidémiques de l'intelligence,* montre l'opiomane à chacune des étapes de sa dégradation. Riche d'abord, aimé, heureux, il n'a d'autre souci que d'administrer sa fortune et de *boire du vin sous les lanternes peintes*. Il ne connaît le chagrin que par les strophes des poètes; mais bientôt, asservi par les démons de l'Intempérance, il néglige ses biens, maltraite ses enfants, et, ruiné, dépouillé par les aigrefins qui lui prêtent l'argent nécessaire à l'acquisition de la drogue maléfique, il traîne par les chemins une existence misérable et désespérée, jusqu'au temps que la Mort compatissante le couche sur la neige, par un matin d'hiver, aux inhospitalières blancheurs.

Et pourtant c'est l'opium, l'opium maudit qui verse à l'homme l'oubli des amertumes journalières et le porte, encore navré de ses douleurs, vers les jardins béatifiques où fleurit le lotus des songes, le rameau d'or d'un éternel sommeil.

Écoutons, à présent, le cantique de reconnaissance que voue à sa *noire divinité* le plus illustre des intoxiqués :

O juste, subtil et puissant opium ! Toi qui, au cœur du pauvre comme du riche, pour les blessures qui ne se cicatrisent jamais et pour les angoisses qui induisent l'esprit en rébellion, apportes un baume adoucissant; éloquent opium! toi qui, par ta puissante rhétorique, désarmes les résolutions de la rage, et qui, pour une nuit, rends à l'homme coupable les espérances de sa jeunesse et ses anciennes mains pures de sang ; qui, à l'homme orgueilleux, donnes un oubli passager « des torts non redressés et des insultes non vengées » ; qui cites les faux témoins au tribunal des rêves, pour le triomphe de l'innocence immolée ; qui confonds le parjure; qui annules les sentences des juges iniques : tu bâtis sur le sein des ténèbres, avec les matériaux imaginaires du cerveau, avec un art plus profond que celui de Phidias et de Praxitèle, des cités et des temples qui dépassent en splendeur Babylone et Hékatompylos ; du chaos d'un sommeil plein de songes, tu évoques à la lumière du soleil les visages des beautés depuis longtemps ensevelies et les physionomies familières et bénies, nettoyées des outrages de la tombe. Toi seul tu donnes à l'homme ces trésors et tu possèdes les clefs du paradis, ô juste, subtil et puissant opium !

C'est une amour fervente qui inspire ce dithyrambe, une amour d'autant plus redoutable qu'elle s'alimente de sa propre ardeur, comme la frénésie du jeu, comme toutes les passions exclusivement cérébrales. Ici, Nature n'oppose pas d'arrêt forcé. L'agonie seule met un terme aux délires du pavot.

Quels sont les effets tant moraux que physiologiques de l'opium ? Comment procure-t-il cette voluptueuse torpeur que lui demandent ses esclaves ? Comment, sans nulle ascèse préalable, confère-t-il le nirvâna, l'anéantissement final aux peuples indolents chez lesquels Çakya-Mouni déracina la volonté de vivre? Les physiologistes, Claude Bernard, Zambaco, Libermann ont étudié cette névrose expérimentale qui, pareille à tous les empoisonnements du même genre, passe par trois phases distinctes : lutte de l'organisme contre le poison, accoutumance ou euphorie, enfin désorganisation par le narcotisme chronique. Les périodes extrêmes ne ressortissent qu'au médecin, tandis que la période euphoristique révèle des phénomènes de psychopathie intéressants pour tous.

Après les douleurs nécessaires de l'initiation, troubles de la vue, nausées, vertiges, quand le malade tolère des doses chaque jour plus fortes de la pernicieuse substance, une ère de délices et de repos s'ouvre devant lui. Précaires délices, repos menteur, escompté sur d'atroces lendemains.

La mémoire s'accroît, une eurythmie clairvoyante harmonise la pensée. Les chagrins sont en fuite et, les sens abolis, dans la plénitude heureuse de sa force et de sa joie, l'homme se sent devenir Dieu.

Une faculté d'attention, un tact des analogies qu'il ignorait en soi lui révèlent des mondes inconnus. La poésie, la musique, cette poésie suprême, revêtent pour son intellect des couleurs ignorées. Comme les caractères à demi oblitérés d'un palimpseste qui revivent par l'action d'une chimie toute-puissante, l'opium suscite dans leur fraîcheur les impressions d'enfance, les visages oubliés, évoqués dans un décor de jadis,

L'inflexion des voix chères qui se sont tues.

Son effet accoutumé, dit Egdar Poë, *est de révéler tout le monde extérieur d'une prodigieuse intensité d'intérêt. Dans le tremblement d'une feuille, dans la couleur d'un brin d'herbe, dans la forme d'un trèfle, dans le bourdonnement d'une abeille, dans l'éclat d'une goutte de rosée, dans le soupir du vent, dans les vagues odeurs qui viennent de la forêt, se produit tout un monde d'inspirations, une procession magnifique et bigarrée de pensées désordonnées ou rhapsodiques.*

Mais ces jours de fiançailles, cette lune de miel où

Tout n'est que beauté,
Luxe, calme et volupté

font bientôt place à d'innombrables angoisses, à des terreurs que l'abus même du poison est impuissant à maîtriser. Le mariage de l'homme avec lui-même n'est plus qu'un infrangible envoûtement, une servitude hideuse que ne peuvent dissiper la volonté ni les remords.

Un mangeur d'opium s'est rencontré, doué d'un génie poétique et d'une sensibilité peu ordinaires qui, dans un livre ému, offre à ses compagnons de géhenne le tableau véridique de ses tourments, de ses luttes et de sa guérison.

Ce tendre et malheureux Quincey qui avait éprouvé, enfant, des deuils de famille et qui avait très jeune, vu la société à tous les étages, richesse et misère noire, Quincey, comme la plupart des opiophages, commença par demander à la pharmacie l'allégement d'une souffrance adventice.

Jeté sans ressource dans l'immense désert de Londres, mourant de faim, tandis que ses tuteurs gardaient injustement la fortune considérable qui lui revenait de son père, le jeune homme connut toutes les horreurs de la pauvreté.

La tendresse d'une *péripatéticienne de l'amour* adoucit, éclaira d'un rayon de charité ces heures ténébreuses ; les deux infortunés mettaient en commun leurs détresses et leurs maux et se sentaient moins seuls à parcourir ainsi leur calvaire d'Oxford Street *marâtre au cœur de pierre.*

Lorsque, plus tard, réintégré dans tous ses biens, Quincey revoit le théâtre luxueux des rancœurs abolies, la mémoire de sa triste compagne fait déborder son cœur d'amoureuses effusions :

O ma jeune bienfaitrice! Combien de fois

dans les années postérieures, jeté dans des lieux solitaires et rêvant de toi avec un cœur plein de tristesse et de véritable amour, combien de fois ai-je souhaité que la bénédiction d'un cœur oppressé par la reconnaissance eût cette prérogative et cette puissance surnaturelles que les anciens attribuaient à la malédiction d'un père, poursuivant son objet avec la rigueur indéfectible d'une fatalité, que ma gratitude pût, elle aussi, recevoir du ciel la faculté de te poursuivre, de te hanter, de te guetter, de te surprendre, de t'atteindre jusque dans les ténèbres épaisses d'un bouge de Londres, ou même, s'il était possible, dans les ténèbres du tombeau pour te réveiller avec un message authentique de paix, de pardon et de finale réconciliation.

Aiguisé par l'opium, l'exquise sensibilité de Quincey lui manifesta les arcanes de la désolation universelle.

Au lieu d'en émousser les facultés affectives, le poison exalte son cœur aimant. C'est le *Noir interprète* qui, pareil au spectre du

Brocken, représente, en les amplifiant, les mouvements que nous faisons. C'est lui qui montre Levana, l'éducatrice, confiant à Notre-Dame des Tristesses l'enfant qu'elles ont élu pour de glorieuses vendanges spirituelles.

Il faudrait citer les œuvres entières d'Edgar Poë, maître de la folie lucide, pour évoquer les images redoutables ou superbes que l'opium fait naître dans un cerveau réceptif de son action. Lisez la suite de nouvelles palingé-génésiques, *Ligeia, Morella, Metzingerstein,* terminant le premier volume des *Histoires extraordinaires*. Vous aurez là un parfait modèle des hantises qui sollicitent le fumeur d'opium, le morphinomane ou le buveur de laudanum.

Autour de l'opium se groupent des poisons d'influence moins redoutable, dont l'usage se peut abandonner avec une aisance relative : le tabac, l'éther, le haschisch. Cette dernière substance, très en faveur chez les romantiques et dont les habitués de l'hôtel Pimodan ont retracé, pour l'usage des badauds, le contestable délice, paraît en décadence chez les raffinés de l'ivrognerie. *Ils en achètent pour dix sous,* attestait Vallès, *ils en vomissent pour cinq francs*. Ce geste consécutif à l'ingestion du *cannabis indica* n'a rien qui déplaise aux snobs, aux esthètes, aux buveurs de poisons pour la galerie et pompe ostentatoire. M. Jean Lorrain, à qui nul provincialisme n'est étranger, consacra, naguère, trois cents pages : *Buveurs d'âmes,* à déduire des émotions d'éthéromane.

Cela est fort goûté par les courtauds de magasin épris de dandysme et par les gentillâtres de province qui ne sentant pas la mystification retrouvent, dans les oracles malicieux du maître d'élégances cher à Liane de Pougy, Suétone, Dangeau et Tallemant à cause, peut-être, qu'ils n'ont jamais lu ces divers auteurs.

Les noctambules de Montmartre ont connu, entre autres, un imbécile de la plus noire espèce, critique d'art comme on est portier, et porte-coton de la hideuse Polaire, qui mâchait des perles du Dr Clertan afin de suggérer aux personnes la conviction qu'il buvait de l'éther.

Avec la morphine, opium de l'Occident, quintessence démoniaque du pavot, le cercle se ferme, le dernier stade est parcouru. Les accidents de la fumerie ou des potions thébaïques se reproduisent avec une horrible vigueur. Mais la morphine ténébreuse n'a suscité de poètes ni d'historiens, car ses annales se confondent avec les mémoires de la vésanie et de la stupidité. C'est aux aliénistes qu'il faut demander la description d'un paradis artificiel plus décevant que les autres encore et si proche de l'enfer.

Khayyam et Rabelais, en érigeant autel contre autel, en opposant le ventre à l'abstinence ont accompli, en leur temps, une tâche civilisatrice. Ils ont revendiqué les droits imprescriptibles de la vie et bafoué sans relâche les cultes infâmes de la mort. Pour loyer d'une besogne salutaire, ils ont acquis la gloire et la tendresse de leur postérité.

« *Bois du vin,* disent-ils, *ton corps un jour sera poussière,*

« *Et de cette poussière on fera des coupes et des jarres.*

« *Sois sans souci du ciel et de l'enfer :*

« *Pourquoi le sage se troublerait-il de telle chose*[1]*?* »

Mais nous que sollicite l'action, qui demain peut-être aurons à revendiquer en armes ce qui reste de libertés publiques, nous dont l'orgueil se vante de défendre les mœurs civilisées contre les hordes barbares et les entreprises de la nuit, autant par amour du bien, du juste et du vrai que par élégance intellectuelle nous répudions les poisons par quoi la volonté s'enténèbre et l'entendement s'affaiblit.

Si les contemporains que torturent de funèbres angoisses demandent aux pharmaco-

[1] Quatrain LXXIX, trad. Charles Grolleau.

pées, aux alambics trompeurs, une euphorie bientôt payée de leur existence et de leur intellect, des astres plus cléments luiront, sans doute, pour les âges à venir. Ce vœu de Jean Huss, la communion du peuple, non sous les deux espèces, mais sous toutes les espèces : fraternité, bonheur, pitié, savoir, unira le monde réconcilié autour d'une table qui, pareille à celle où prenaient place les chevaliers d'Arthur, grandira d'après le nombre des conviés. Cette table sera la terre, la terre fécondée, rajeunie par un labeur paisible, harmonieux et fraternel. Un jour nouveau dispersera les mauvais songes et les fantômes de la nuit. Nul ne goûtera plus alors aux libations empoisonneuses, car il n'est pas besoin de solliciter l'ivresse quand on possède le bonheur. Consolés, guéris par l'équitable répartition des biens, par l'avènement du Droit, nul ne cherchera l'oubli des minutes douloureuses dans la frénésie ou la stupeur. Les plaisirs solitaires prendront fin lorsque la vie sociale renaîtra par la mort des riches et des dieux.

Comme les chevaliers des antiques légendes, guerriers d'Odin ou tenants du Saint Graal, nous pénétrerons sous le dôme de la forêt aux enchantements que les herbes vénéfiques peuplent de leurs sinistres fleurs. Mais, vêtus de fer, casqués d'or, nous repousserons les breuvages insidieux que les Elfes et les Nixes offrent à la marge des clairières, sitôt que la Belle-au-bois-dormant secouera sa torpeur séculaire, nous gagnerons le large dans cette barque exempte de naufrage que traînent vers le soleil, l'harmonie et la raison, les cygnes blancs de l'Idéal.

LAURENT TAILHADE
Camaret-sur-Mer, le 21 septembre 1902.

Achevé
d'imprimer
le quatorze mai
mil neuf cent cinq
pour Charles Carrington
libraire-éditeur à Paris
par A. Rey & Cie
imprimeurs
à Lyon

NOTE DE L'ÉDITEUR

OMAR KHAYYAM ET LES POISONS DE L'INTELLIGENCE sortait des presses au moment où nous reçûmes, de M. Laurent Tailhade, une lettre nous priant — s'il était possible — d'enlever de cette étude les dernières pages et de les remplacer par un court paragraphe estimé par lui pour sa sobriété.

Nous aurions aimé donner satisfaction au maître écrivain, mais des nécessités impérieuses nous ont interdit ce plaisir.

Voici, toutefois, la nouvelle *coda*, telle que l'auteur nous l'a transmise. Les lecteurs qui ne sauraient partager la sévérité de M. Tailhade auront ainsi les deux *finales* de la très belle symphonie en prose de cet artiste, telles qu'il les voulut à deux moments différents.

« Nul ne peut, ayant parcouru ces abîmes et contemplé ces ténèbres, les évoquer sans horreur, prononcer l'incantation néfaste qui les appelle du néant. C'est a forêt d'embûches, d'épouvantes où « le Soleil se « tait », où rôdent méchamment les bêtes de la nuit, tantôt insidieuses, tantôt dévoratrices, qui, par des labyrinthes sans cesse plus étroits, des routes qui ne permettent pas au voyageur de rebrousser chemin, conduisent leur proie et leur victime jusqu'à la porte de l'Enfer :

« *Ahi quanto a dir qual era e cosa dura*
« *Questa selva selvaggia ed aspre e forte,*
« *Che nel pensier rinnova la paura!*

« *Tanto era amara, che poco è più morte...* »

LAURENT TAILHADE

CHARLES CARRINGTON, LIBRAIRE-ÉDITEUR
13, Faubourg Montmartre, Paris

LES QUATRAINS
d'Omar Khayyam

traduits du persan
sur le manuscrit conservé à la BODLEIAN LIBRARY d'Oxford,
publiés avec une Introduction et des Notes
par Charles GROLLEAU.

JUSTIFICATION DU TIRAGE :

Nos 1 à 15, sur *Chine*. . .	Prix.	30 fr.
16 à 45, sur *Japon*. . .	—	20 »
46 à 500, sur *Hollande*. .	—	10 »

NOTICE

Retrouver, à près de dix siècles en arrière, chez un peuple voué, par la docilité de sa langue et sa richesse verbale, aux amplifications lyriques, à la redondance fastueuse, — les Persans, — un poète à l'accent énergique et farouche, pouvant s'égaler au chantre de l'Ecclésiaste comme au sombre nomade qui nous laissa les imprécations de Job, est un plaisir trop rare pour qu'il soit permis d'ignorer le livre où M. Charles Grolleau nous restitue cette figure attirante au possible.

Les Quatrains d'Omar Khâyyám, outre le document précieux qu'ils nous apportent sur l'Orient inconnu, nous donnent cette impression poignante de tous les vrais chefs-d'œuvre : le sentiment d'un thème éternel rajeuni par de nouveaux accents.

Des siècles avant Shakespeare, une âme sœur de celle que le grand Anglais sut insuffler à son prince halluciné par la Nuit, la Mort et l'Amour, a pu condenser, en des quatrains plus éloquents et plus fiers que mille poèmes réputés, toutes les amertumes que verse la vie aux cœurs qu'elle désenchante.

Kháyyám, sur sa terrasse de Nishapour, au clair de lune, cet astre si doux à ceux qu'accable le soleil, improvisait pour ses amis ces merveilleux quatrains que multiplièrent les copistes. Il y chantait l'ivresse et le vin, clair symbole du rêve, électuaire d'oubli, mais son refrain qui pourrait être monotone, son *carpe diem*, plus dédaigneux et plus détaché que celui du chevalier latin, vous hante à l'égal des strophes des plus nobles chanteurs.

Le Divan de l'impassible Gœthe, les sanglots étouffés sous d'ironiques sourires, les petites chansons faites avec de grandes douleurs, de Henri Heine, la tragique désespérance des poèmes de Léopardi, les refrains funèbres du Chinois Li-Taï-Pé, devant sa tasse libatoire, se voient ici dépassés, et rien ne vaut l'émotion que l'on ressent à la lecture des Rubaiyat, émotion où se mêle une sorte d'effroi d'entendre chuchoter, avec des mots si pareils aux nôtres, ce Persan dont la voix s'est tue, il y a près de mille ans.

Dans l'introduction si remarquable qui précède la traduction des *Quatrains*, M. Grolleau nous apprend que Khâyyâm est l'objet d'une sorte de culte parmi tous les lettrés d'outre-Manche, grâce à l'adaptation merveilleuse de Fitz-Gerald. Il est certain qu'à défaut d'une ferveur égale les *Quatrains* vont exciter en France un puissant intérêt.

Déjà le traducteur a recueilli les suffrages de plusieurs maîtres de la littérature, et la présente édition des *Quatrains d'Omar Khâyyâm* est sur le point d'être épuisée.

Les QUATRAINS D'OMAR KHÂYYÂM sont imprimés avec les caractères dessinés par le peintre Eugène Grasset, sur vergé d'Arches filigrané au nom de l'éditeur.

Chaque page est encadrée de motifs copiés sur des spécimens de l'art persan le plus pur. Le titre, du même style, et les encadrements sont tirés en couleur.

La couverture rempliée porte le titre de l'ouvrage en lettres d'or imprimées en relief.

Adresser toutes les commandes directement à M. Charles Carrington, *libraire-éditeur,* 13, faubourg Montmartre, Paris (IX).

Un Précurseur d'Omar Khayyam

LE POÈTE AVEUGLE

Extrait des Poèmes et des Lettres
d'Aboû'l-'Alâ'Al-Ma'arrî (363 A. H.)
Introduction et Traduction par Georges Salmon.

NOTICE

Précurseur de l'admirable Omar Khâyyâm, mais au sens où Lucrèce a pu l'être de Henri Heine et de Léopardi, Aboû'l-'Alâ est un des maîtres de cette poésie arabe dont tant de chefs-d'œuvre ignorés attendent qu'un orientaliste, poète lui-même, nous initie à leur beauté.

Tout en reconnaissant l'utilité incontestable des travaux souvent ingrats mais toujours dignes d'éloges auxquels s'adonnent de préférence les savants orientalistes, il est permis de regretter que leurs études soient réservées à des savants comme eux.

Le résultat pratique, c'est-à-dire la diffusion des richesses découvertes dans les filons qu'ils sont seuls à explorer, se fait attendre ou, ce qui est pire, est parfois abandonné à des mains inhabiles.

Il a fallu deux siècles pour que l'étonnant trésor de rêves qu'est le livre des *Mille et une Nuits* s'ouvrît enfin à la curiosité de tous, grâce au double prestige que possède, comme érudit et comme lettré, le Dr Mardrus.

C'est une bonne fortune de ce genre qui nous échoit aujourd'hui.

Nul ne pouvait, avec plus de conscience et de fidélité que M. Georges Salmon, le jeune arabisant bien connu, traduire sans les trahir les poèmes d'Aboû'l-'Alâ, ces poèmes à la fois austères et attirants comme un triste et beau visage, ces lettres d'une urbanité pompeuse et d'une éloquence fleurie qui valurent au Poète Aveugle le surnom de *Père du sublime.*

L'impression qui se dégage de la lecture de ces distiques, écrit-il dans sa préface, est celle d'un esprit fortement constitué, habitué par atavisme à parler des choses saintes avec irrévérence, poussé par le raisonnement à critiquer tout ce que font ses contemporains. Et c'est précisément ce qui donne le plus d'intensité à la note mélancolique que bien des poètes avant lui avaient déjà fait vibrer. Là où nous voudrions trouver la gaîté du libertin, nous n'entendons que le rire amer et sarcastique du philosophe austère.

Et cependant il chante les bienfaits du vin.

Ce poète qui n'est pas un libertin ne craint pas de vanter les mérites de la liqueur brune « al-Koumert », interdite aux dévots. C'est justement cette interdiction qui lui pèse; il est avant tout libre-penseur et ne manque aucune occasion de s'affranchir du joug religieux. C'est aussi dans le vin que les mystiques persans vont chercher de nouvelles forces pour combattre l'orthodoxie. L'ivrognerie, pour Omar Khâyyâm, c'est la liberté.

Les éloges qu'Al-Ma'arrî, habitué à des fréquentations de buveurs, prodigue au vin sont moins sensuels que ceux des autres poètes plus académiques. Chez lui, tout est calcul, point de passion, une philosophie maussade, mais implacable.

Nous avons ri! Quelle imprudence de notre part!
Les habitants de la Terre ne doivent-ils pas pleurer?
Les revirements du temps nous briseront comme du verre.
Mais du verre que l'on ne pourra pas refondre!

Aboû'l-'Alâ ne rit pas, lui, si ce n'est pour se moquer des hommes. L'idée de la mort ne le quitte pas un instant: elle reparaît dans chacun de ses quatrains, et c'est là la pensée dominante qui se dégage de son œuvre.

Il a usé sa jeunesse à fréquenter les hommes et il en a gardé un bien mauvais souvenir, puisqu'il se réjouit de sa cécité qui lui a permis de ne pas voir l'humanité.

Déshérité de la nature, l'amour ne lui a jamais souri; il n'en connaît pas les accents. Célibataire endurci, il professe des théories qui en font un précurseur du Malthusianisme.

Fidèle à son vœu de célibat, il ordonne de graver sur sa tombe :

Voici la faute dont mon père s'est rendu coupable contre moi.
Quant à moi, je n'ai jamais offensé personne.

C'est cette œuvre de grave pensée servie par un profond et poétique langage que nous offrons ici.

Les lettrés et les bibliophiles qui ont accueilli avec tant d'empressement les précieux quatrains d'*Omar Khâyyâm* voudront posséder le *Poète aveugle,* un livre d'un intérêt au moins égal, et publié, comme l'œuvre du poète persan, dans des conditions exceptionnelles de luxe et d'élégance.

Le Poète Aveugle est imprimé avec les caractères dessinés par le peintre Eugène Grasset, fondus par

G. PEIGNOT & FILS, sur papier vergé. Chaque page est encadrée de motifs empruntés à l'art décoratif oriental. Le titre, du même style, et les encadrements sont tirés en couleur. La couverture est en parchemin et rempliée.

JUSTIFICATION DU TIRAGE :

Nos 1 à 15 sur *Japon*. . .	Prix :	20	fr.
16 à 225 sur *Vergé*. . .	—	10	»

Adresser toutes les commandes directement à M. CHARLES CARRINGTON, *libraire-éditeur*, 13, faubourg Montmartre, Paris (IX).

Lyon. — Imp. A. REY et Cie, 4, rue Gentil. — 37534.

www.ingramcontent.com/pod-product-compliance
Ingram Content Group UK Ltd.
Pitfield, Milton Keynes, MK11 3LW, UK
UKHW051022210726
13857UKWH00007B/1225

9 782013 432108